KB035838

주사기가 온다

SEOUL, 2008

주사기가 온다

초판 제1쇄 발행일 2008년 8월 20일
초판 제42쇄 발행일 2022년 3월 20일
글 알랭 M. 베르즈롱 그림 이민혜 옮김 이정주
발행인 박헌용, 윤호권 발행처 (주)시공사
주소 서울시 성동구 상원1길 22, 6-8층 (우편번호 04779)
대표전화 02-3486-6877 팩스(주문) 02-585-1247
홈페이지 www.sigongsa.com/www.sigongjunior.com

ISBN 978-89-527-8630-2 74860
ISBN 978-89-527-5579-7 (세트)

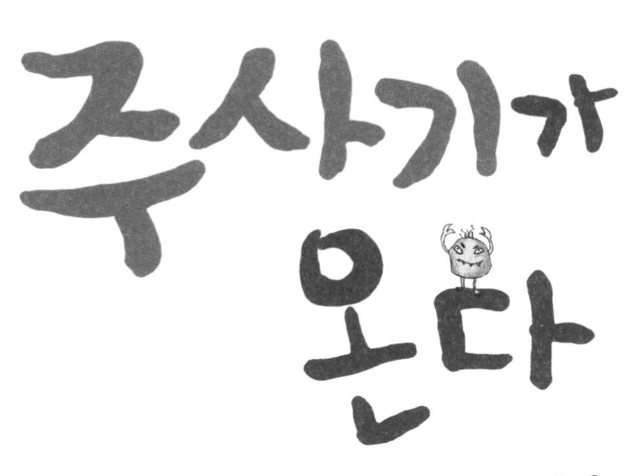

알랭 M. 베르조롱 글 · 이민혜 그림 · 이정주 옮김

시공주니어

| 차 례 |

1장

주사기 아줌마

주위가 어두웠지만 난 이리저리 달렸어요. 내 발소리가 학교 복도를 따라 쿵쿵 울렸어요.

"사람 살려!"

귀에 익은 날카로운 목소리가 우리 반에서 들렸어요. 교실은 환하게 불이 켜져 있었어요. 난 문을 열다 말고 눈앞에 펼쳐진 모습에 꽥 비명을

질렀어요.

"제발, 나 좀 살려 줘!"

자비에 보리외가 친구들한테 붙들려 의자에……

스카치테이프로 꽁꽁 묶인 채 낑낑대고 있었어요.

바닥에는 다 쓴 테이프들이 나뒹굴었어요. 흰옷을 입은 한 여자 아이가 아예 소리를 못 지르게 자비에의 입을 큰 테이프로 막아 버렸어요.

여자 아이는 자비에의 귀에다 귀청 떨어지게 소리를 질렀어요.

"닥치지 못해, 이 겁쟁이 같은 녀석아! 이따 끝나고 남아!"

내 단짝 앙토니는 '주사기 아줌마 말을 자 듣겠습니다.' 라는 문장을 칠판에 수십 번씩 똑같이 쓰고 있었어요.

내가 놀라서 물었어요.

"앙토니, 뭐 하는 거야?"

"틀렸어! 틀렸어! 틀렸어!"

반 친구들이 한꺼번에 외쳤어요.

앙토니는 눈을 감고 있었어요. 앙토니는 다시 칠판으로 돌아서서 고개를 끄덕였어요.

"그래, 맞아. 내가 틀렸어. '잘' 인데 'ㄹ' 이 빠졌어."

우리 담임선생님인 쥬느비에브 선생님이 칠판지우개를 내밀며 으스스한 목소리로 말했어요.

"벌은 알고 있겠지?"

"네……."

앙토니는 지우개를 들더니 자기 다리를 지우기 시작했어요. 다리가 없어졌어요! 앙토니의 몸이

점점 사라졌어요. 이제 손과 머리밖에 안 남았어요.

"둠둠, 너무해. 내가 틀렸으면 네가 말해 주었어야지."

입만 남은 앙토니가 날 원망했어요.

끝내 친구는 내 눈앞에서 사라졌고, 지우개는 바닥에 쿵 하고 떨어졌어요.

나는 겁에 질려 울부짖었어요.

"아아…… 안 돼!"

똑똑. 뒤에서 문을 두드리는 소리가 났어요. 나는 문고리를 잡으려고 했지만 누가 지워 버려서 잡을 수가 없었어요. 다시 하나 그릴 새도 없었어요. 반 친구들이 내 팔을 잡아 선생님 의자에 억지로 앉혔어요.

주사기 아줌마가 뚜벅뚜벅 걸어왔어요. 눈에 핏발이 선 아줌마는 짚 더미 속에서 바늘을 찾아 주사기 끝에 꽂았어요. 바늘은 연필만큼이나 길었어요.

난 도망치려고 바동바동 몸부림을 쳤지만 소용없었어요. 옴짝달싹도 못했어요. 누가 내 소매를 걷어 올리는 것 같았어요…… 자비에 보리외예요!

녀석도 눈을 감고 있었어요. 흰옷을 입은 아줌마한테 조종당하고 있나 봐요. 이 녀석, 검은 펜으로 내 오른팔에 과녁처럼 동그라미를 그렸어요. 그러고는 한가운데 검은 점을 찍고 이렇게 적었어요.

'요기다 주사를 놓으세요.'

주사기 아줌마는 두툼한 스펀지를 하마가 목욕하고 있는 양동이에 푹 담가 물을 흠뻑 적셨어요. 그런 뒤 내 오른팔에 마구 문질렀어요.

"안 돼요! 난 오른손잡이예요! 오른손잡이란 말이에요!"

자비에처럼 눈을 감은 친구들이 어마어마하게 큰 주사기를 들고 다가왔어요. 주사기 아줌마는 뾰족한 주삿바늘을 내 팔에 겨눴어요.

"가만있어! 하나도 안 아플 거야……

라고 말할 줄 알았지? 웃기시네!"

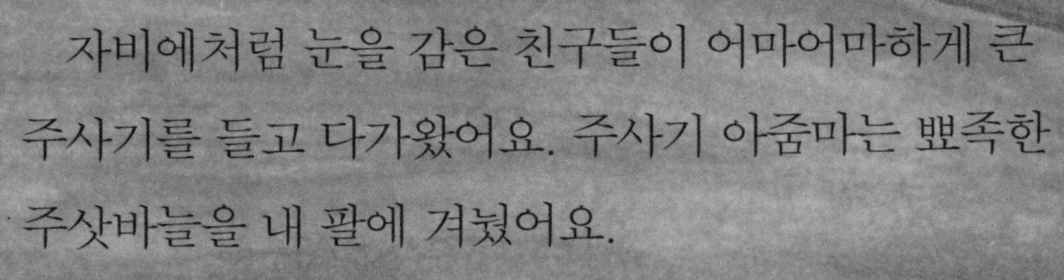

아줌마는 기분 나쁘게 깔깔 웃어 댔어요.

난 바늘이 팔을 꿰뚫어 버릴 것 같아 고개를 돌리고 이를 꽉 깨물었어요. 난 곤충 수집물에 있는 핀에 꽂힌 나비처럼 될 거예요. 핀에 꽂힌 나비요…… 핀에 꽂힌 나비…….

“도미니크, 우리 아들, 안 일어나고 뭐 해? 무서운 꿈을 꿨나 보네!”

“뭐…… 뭐라고요?”

엄마가 다정하게 내 머리를 쓰다듬었어요. 난 안도의 한숨을 쉬었어요. 휴! 다행이에요. 난 아주 안전하게 침대에 있어요. 아침이에요. 아침 햇살이 커튼을 뚫고 들어와요. 난 엄마 품에 안겨 마음을 놓으며 꿈 얘기를 했어요.

“예방 주사 맞는 게 그렇게 무섭니?”

나는 무슨 말인지 금방 알아듣지 못했어요.

"예방 주사요?"

"그래. 오늘이 B형 간염 예방 주사 맞는 날이잖아."

난 다시 왕왕 울었어요!

2장

누구도 피할 수 없어!

달력에 날짜를 지워 가며 기다리는 크리스마스처럼 며칠 전부터 이날을 생각했어요. 하지만 크리스마스처럼 설레는 날은 아니에요. 오히려 정반대예요.

난 아침을 거의 먹지 못했어요. 아침 식사가 얼마나 중요한지 잘 알지만, 정말 밥맛이 없었어요.

내가 먹은 것이라고는 바나나 3분의 1, 토스트 4분의 1, 오렌지 주스 반 잔이 다였어요.

주사기 아줌마 얼굴이 영 머릿속을 떠나지 않아요. 왕방울만 한 눈, 흰 이빨이 번쩍거리는 커다란 입, 코, 그리고 고불고불한 검은 머리에 숨겨진 귀까지…… 괴물이 따로 없어요!

집을 나서기 전 나는 여동생 이사벨의 머리를 쓰다듬었어요. 하지만 뽀뽀는 해 주지 않았어요. 이사벨 뺨이 땅콩버터와 딸기 잼으로 뒤범벅되어 있었거든요. 오늘 다시 동생을 볼 수 있을까요?

"오늘만큼은 내가 너였으면 좋겠다. 이사……."

그때 엄마가 말했어요.

"이사벨은 오늘 귀를 뚫을 거야."

"귀요? 학교 다녀오겠습니다!"

나는 발을 질질 끌며 걸어가 길모퉁이에 섰어요. 곧 브레이크 소리를 내며 학교 버스가 섰어요. 나는 버스에 오르면서 브뤼노 운전기사 아저씨에게 대충 눈인사를 했어요. 브뤼노는 아저씨 이름이에요. 아니, 이름이 아니라 성일지도 몰라요. 하지만 뭐가 맞는지 물어볼 생각을 하는 애는 아무도 없어요.

난 아저씨에게 귓속말을 했어요.

"너무 빨리 운전하지 마세요. 제발……."

"아, 그렇지! 오늘이 그날이구나."

난 뒤에 앉아 멍하니 허공을 바라봤어요.

브뤼노 아저씨는 학교 버스를 운전한 지 오래되어서 이 가을에 앙드레 포르탱 학교 2학년 학생들에게 무슨 일이 닥칠지 잘 알아요. 누구도 피할 수 없는 일이지요.

맨 뒷자리에서 우락부락하게 생긴 6학년 뱅상 형이 겁먹은 날 보고 놀렸어요.

형은 친구들과 큰 소리로 떠들었어요.

"야! 너희들은 왜 간호사 아줌마가 오렌지나

자몽에다 주사 놓는 연습을 하는지 아냐? 그것들은 소리를 못 지르기 때문이야! 으하하!"

보통 학교까지 가려면 십오 분이 걸려요. 오늘도 더도 덜도 아닌 딱 십오 분이 걸렸어요.

버스 문이 열렸어요. 버스에 있는 학생들은 다 내렸어요. 아직도 앉아 있는 나만 빼고요.

브뤼노 아저씨가 내 팔을 잡아당기며 구슬렸어요.

"빨리 안 내리고 뭐 하니? 그래 봤자 소용없어. 이따 집에 갈 때는 별것 아니었다는 듯이 웃으며 얘기할걸."

수업 시작을 알리는 종소리가 울렸어요. 사물함 앞에서 마주친 앙토니는 내 심상치 않은 얼굴빛을 보고 말을 걸었어요.

"잘 잤어?"

"아니…… 주사기 아줌마 꿈을 꿨어……."

"주사기 아줌마?"

앙토니는 재미있다는 듯이 호기심 가득한 표정으로 물었어요.

"그래. 주사기 아줌마. 꿈속에서 아이들이 그렇게 불렀어."

"안녕, 얘들아."

"안녕하세요? 선생님."

쥬느비에브 담임선생님이 교실에 들어오자 우리는 한목소리로 인사했어요.

지난밤에 왔던 곳에 다시 오니 기분이 묘해요! 꿈이 이어지는 것 같아요.

나는 자리에 앉았어요. 앙토니가 내 짝이에요. 주사기 아줌마와 친구들이 어마어마하게 큰 주사기를 들고 돌진하던 모습이 떠올라 소름이 확 끼쳤어요.

"앙토니, 너 어제 내 꿈에 나왔어. 네가 칠판에 똑같은 문장을 계속 쓰는 거야. 그런데 글자를 틀리게 써서 지우개로 네 몸을 지우는 벌을 받았어. 그리고 아주 긴 바늘로 날 위협하는 주사기 아줌마가 있었는데……."

앙토니가 말을 끊었어요.

"진짜로 끔찍한 꿈이다. 꿈이라서 천만다행이야. 그런데 정말 내가 틀렸어? 대체 어떤 글자였는데?"

나는 피식 웃었어요. 앙토니는 맞춤법이라면 절대로 틀리지 않거든요.

"네가 '잘'에서 'ㄹ'을 빼먹었어."

"'ㄹ'을 안 써? 어떻게 그런 일이? 내가 어디 아팠나 보다. 이해해 줘…… 그런데 둠둠, 내가 틀렸으면 네가 말해 주었어야지! 아무튼 다음번 꿈에서는 틀리지 않도록 노력할게!"

앙토니가 한쪽 눈을 찡긋하며 말했어요. 둠둠은 내 별명이에요.

"애들아, 안녕!"

자비에 보리외의 날카로운 목소리예요. 녀석은 쌩쌩해 보였어요. 덕분에 불안에 떨던 반 친구들의 얼굴이 좀 펴졌어요.

난 지난밤 꿈에 녀석이 의자에 스카치테이프로 꽁꽁 묶여 있었던 걸 말하고 싶어 입이 근질거렸어요. 거짓말도 좀 보태서 말이에요!

선생님은 우리를 수업에 집중시키려고 애썼지만, 소용없다는 건 선생님이 더 잘 알아요. 지금 누가 오르탕스 아줌마의 바구니에 든 사과 33개와 오렌지 44개를 더할 정신이 있겠어요? 선생님 질문에 대답하겠다고 손드는 애는 아무도 없었어요. 자비에 보리외만 빼고요. 이 녀석은 오늘 아침에 무슨 일이

벌어질지 다 잊었나 봐요.

선생님이 물었어요.

"그럼 거기 가기 전에 얘기를 해 볼까?"

아이들은 모두 그러자고 고개를 끄덕였어요.

자비에 보리외가 어리둥절해서 물었어요.

"어딜 가요? 오늘 어디에 가는데요?"

아직도 무슨 일이 생길지 모르는지 녀석은 주위를 두리번거렸어요.

"설마…… 발표 수업은 아니지?"

자비에 보리외는 발표 수업이라면 질색이에요. 그건 아니라고 내가 안심시켰어요. 하지만 녀석이 발표 수업보다 더 싫어하는 게 있어요. 선생님이 칠판에 쓴 글을 보고 녀석의 두 눈이 왕방울만 해졌어요.

"9시, 2학년 전체 예방 접종."

자비에의 조그만 머릿속에서 찰카닥 시동 걸리는

소리가 났어요.

"뭐라고요? 에이, 아니에요! 농담이지요? 전 유치원 때 예방 주사 맞았단 말이에요!"

자비에는 책상을 붙들고 늘어졌어요. 저 손을 떼어 내려면 주걱이 필요할 것 같아요.

선생님이 달랬어요.

"진정해, 자비에 보리외! 그냥 살짝 맞는 거야."

자비에가 울먹이며 말했어요.

"살짝요? 세상에 그런 주사는 없어요. 주삿바늘은 늘 무시무시하게 길어요. 그건 고문이에요! 우리 엄마 아빠도 아무 말 안 했는데, 왜 맞아야 해요?"

선생님이 차분하게 대답했어요.

"네 부모님도 예방 접종 허가서에 서명하셨어."

그 말에 교실 전체가 공포의 도가니에 빠졌어요.

"뭐라고요? 뭐라고요? 뭐라고요? 부모님이 어떻게 그러실 수 있어요? 무슨 권리로요? 이건 아동 보호소

놀이마당
게시

같은 데 신고해야 돼요. 아동 학대라고요. 법원에 고발할 거예요."

자비에 보리외는 펄펄 뛰었어요.

앙토니도 벌떡 일어나 녀석에게 달려갔어요.

"누구 나한테 빨리 휴대폰 좀 줘 봐! 이건 912에 신고해야 돼. 지난겨울 전신주에 도미니크의 혓바닥이 붙었을 때 같은 응급 상황이야!"

"뭐, 912? 앙토니, 911(캐나다의 응급 구조 전화번호는 911이다 : 옮긴이)이겠지."

선생님은 웃음을 터뜨렸어요.

"지금 거신 번호는 없는 국번이니 다시 확인하고 걸어 주시기 바랍니다."

앙토니가 딱딱한 목소리로 기계 음을 흉내 냈어요.

전화 얘기에 자비에 보리외가 마음을 가라앉힌 것 같아요. 정신이 좀 돌아온 듯 희미하게 웃음을 지었어요.

녀석은 살짝 얼굴을 붉히며 말했어요.

"제가 좀 흥분했나 봐요."

"도로 자리에 앉고, 숨을 깊게 들이쉬어 봐. 그러면 좀 나아질 거야."

자비에 보리외는 선생님이 시키는 대로 쌕쌕 숨을 쉬었어요. 꼭 황소처럼요. 녀석은 어깨를 마비시키려는 듯이 자꾸 문질렀어요.

앙토니가 녀석에게 다가가 속삭였어요.

"내 친구, 자비에. 넌 좋겠다. 네 어깨는 하나도 안 아플 테니……."

"진짜?"

자비에가 희망찬 눈빛으로 물었어요.

앙토니는 녀석의 어깨를 두드리며 말했어요.

"그럼. 간호사 아줌마가 주사 놓는 곳은……엉덩이거든!"

난 사람 턱이 그렇게까지 덜덜 떨리는 모습은 처음

봤어요. 자비에의 눈빛을 보니 어떻게 엉덩이를 마비시킬까 열심히 고민하는 것 같았어요. 난 시계를 봤어요. 이제 오 분밖에 안 남았어요. 기다란 초바늘이 시계판 위를 전속력으로 달렸어요. 바늘? 아, 주사기는 떠올리고 싶지 않아요. 그래서 난 눈을 감았어요. 똑딱똑딱…… 땡!…… 땡!…… 땡! …… 시계 종이 울렸어요.

드디어!

교실 문이 드르륵 열렸어요.

웬 아줌마가 우리 앞에 나타났어요.

저 아줌마…… 낯이 익어요. 그래요, 아는 사람이에요!

난 손가락으로 가리키며 외쳤어요.

"저 사람이 주사기 아줌마야!"

3장

B형 간염이 뭐예요?

"주사기 아줌마?"

아줌마는 교실 문을 닫으며 놀라서 물었어요.

"죄송해요. 저도 모르게 그만……."

나는 우물거리면서 땀이 축축한 손으로 얼굴을 가렸어요.

완전히 바보가 된 것 같아요. 지난번 발표 수업 때

화장실에서 지퍼 고장 사건이 일어난 뒤로 멍청하게 구는 게 습관이 되었나 봐요.

아줌마 이름은 실비, 보건소 간호사이고, B형 간염 백신 담당자래요. 실비 아줌마도 악몽 속 주사기 아줌마처럼 머리가 구불거려요. 코도 똑같은 자리에 있어요. 하지만 그게 다예요. 아줌마의 말투와 눈빛에는 우리를 안심시키는 뭔가가 있어요. 겁먹을 건 전혀 없다는 듯이요.

앙토니가 속삭였어요.

"네가 말한 주사기 아줌마 말이야, 착해 보여."

"속지 마. 우리를 처형할 사람이야."

자비에 보리외는 경계를 풀지 않았어요.

"의자에서 그만 쿵쿵거려!"

쥬느비에브 선생님이 자비에를 혼냈어요.

"엉덩이를 마비시키려면 이 방법밖에 없는데, 어떡하지?"

자비에는 큰일 났다는 듯 울상을 지었어요.

간호사 아줌마가 물었어요.

“B형 간염이 뭔지 얘기해 볼 사람?”

“간이 바이러스에 감염되는 거요.”

난 씩씩하게 대답했어요.

“뭐라고? 야, 둠둠. 이 녀석, 제법인걸? 그 정도면 A형 간염 주사를 맞아도 되겠다. 저기 주사기 아줌마, 쟤는요, 아줌마가 좋아하는 주사기 연기도 할 줄 알아요!”

간호사 아줌마는 앙토니의 황당한 말장난에도 아랑곳하지 않고 다시 물었어요.

“그럼 간염에 걸리지 않으려면 어떻게 해야 할까?”

자비에 보리외가 어찌나 팔을 휘휘 내두르던지 아줌마는 안 시킬 수가 없었어요.

"제가 알아요! 제가 알아요! 화장실에 다녀오면 꼭 손을 씻어야 해요."

장난인지 아닌지는 모르겠지만 녀석은 큰 소리로 대답했어요.

간호사 아줌마가 정답을 말했어요.

"아니, 백신을 통해서야. 이 백신은 아주 중요해. 이건 부모님이 주는 선물 같은 거야. 너희는 그냥 받기만 하면 되지."

그 말에 웅성웅성 작은 소란이 일었어요. 자비에 보리외 목소리도 들렸어요.

녀석이 퉅퉅거렸어요.

"그런 선물은 됐어요. 안 받아도 돼요. 전 받는 것보다 주는 게 훨씬 좋아요. 더구나 제 생일도 아니잖아요. 제 생일은 12월이란 말이에요!"

"전 이미 알레르기 백신 주사를 맞았어요."

머리에 빨간 스카프를 두른 소피 라로슈가 입을 열었어요.

"칫, 또 시작이군."

앙토니가 지겹다는 표정을 지었어요.

간호사 아줌마가 말해 보라고 하자, 소피는 아홉 살 때 알레르기 검사를 받았던 이야기를 했어요. 주사를 스무 방이나 맞았고, 등에 작은 흉터가 서른다섯 개나 남았대요. 하지만 소피는 용감해서 눈썹 하나 까딱하지 않고 거의 울지도 않았대요.

"그 뒤로 알레르기 치료 때문에 달마다 백신 주사를 맞아요. 세상에 알레르기 백신 주사보다 아픈 건 없어요."

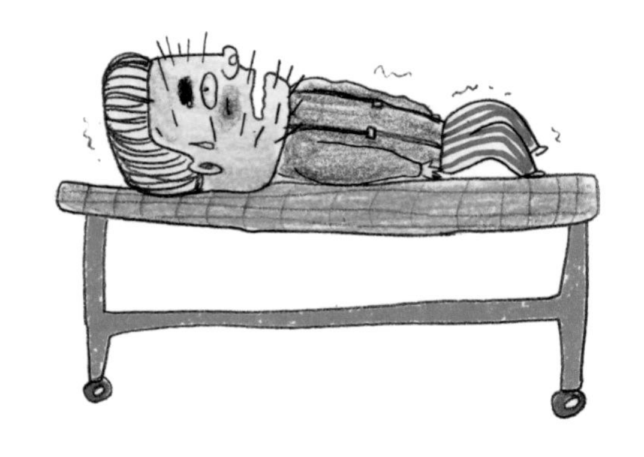

이번에는 막심이 손을 들었어요. 막심은 알레르기를 치료하러 엄마랑 침 맞는 데 갔대요. 거기서 침대에 누워 얼굴 가득히 침을 맞았대요.

"그렇게 아프지는 않았어요. 하지만 꼭 바늘꽂이가 된 기분이었어요."

우리는 웃음을 터뜨렸어요.

상드린은 당뇨병에 걸려서 날마다 자기 몸에 직접 인슐린 주사를 놓아야 한대요.

사무엘은 대뜸 자리에서 일어나더니 감기에 걸렸을 때 엉덩이에 좌약을 넣었다고

했어요……. 그 말에 교실이
썰렁해졌어요.

간호사 아줌마는 종이를
보면서 친구들 이름을 세 명씩
부르기 시작했어요. 소피
라로슈, 앙토니 발루아,
도미니크 아벨.

아줌마가 말했어요.

"이제 시간 됐다."

자비에 보리외가 덜덜 떨며 말했어요.

"드디어 처형 시간이야."

내 가슴도 두근두근 방망이질을 멈추지 않았어요.

에이, 씨!

침착해! 침착해야 돼!

우리는 자네트 아줌마를 따라 강당으로 갔어요. 자네트 아줌마는 학교에서 도움이 필요할 때 찾아가는 비서 아줌마예요.

앙토니는 다 들으라는 듯이 큰 소리로 말했어요.

"하루빨리 박사님들이 주사를 없앨 백신을 만들었으면 좋겠다."

우리는 가다가 벌써 주사를 맞고 나오는 2학년 다른 반 애들 다섯 명이랑 마주쳤어요. 앞에 오는 여자 아이 두 명과 남자 아이 한 명은 히죽히죽 웃었어요. 네 번째 여자 아이는 간신히 눈물을 참고 있었어요. 아마 코걸이 때문인가 봐요. 다섯 번째 남자 아이는 창피하고 어이가 없다는 표정으로 손으로 팔을 잡고 총총히 걸었어요.

그 아이가 씩씩대며 말했어요.

"이 나쁜 학교, 다시는 안 올 거야."

왜 저렇게 화를 내는 걸까요?

"이쪽이야!"

앙토니가 다른 반 애들 쪽에 슬그머니 붙으려고 하자 자네트 아줌마가 불렀어요.

우리는 강당에 들어섰어요. 자네트 아줌마는 다른 학생들을 데리러 다시 나갔어요. 실비 간호사 아줌마의 앞자리는 빈 의자였어요.

내가 말했어요.

“앙토니, 네가 먼저야.”

“나? 웃기지 마. 발표 수업 때처럼 네가 먼저야.”

앙토니가 대꾸했어요.

“그렇지. 하지만 가끔 쥬느비에브 선생님은 끝에서부터 시작하잖아. 그리고 오늘은 ‘일’로 끝나는 요일이야. 네 이름 끝 글자 ‘니’의 ‘ㅣ’와 ‘일’의 ‘ㅣ’가 같으니까 네가 먼저지.”

앙토니는 잠시 생각하더니 반박했어요.

"웃기시네. 모든 요일은 '일'로 끝나. 그럼 가위바위보로 누가 맨 먼저 맞을지 정해."

"난 체스 게임이 좋은데……."

"겁쟁이들!"

소피 라로슈가 짜증을 냈어요.

소피는 예방 접종 허가서를 내민 뒤 용감하게 소매를 걷어붙였어요. 간호사 아줌마는 소피가 머리에 두른 빨간 스카프를 보며 친절하게 몇 마디를 건넸어요. 아줌마는 젖은 솜으로 소피의 팔을 문지른 다음에 주사기를 집어 주사를 놨어요. 소피는 울지도 않고 웃음을 잃지도 않았어요. 독한 계집애! 심지어 자기 팔에 주사 놓는 모습을 두 눈으로 똑바로 쳐다봤어요. 난 절대로 저렇게 못해요.

소피는 조심해야 될 사항을 차분히 듣고, 인사를 하고, 자리에서 일어나 교실로 돌아갔어요.

어라,

저게 다야?

진짜 간단해요.

이 분도 안 걸렸어요…….

다음은 앙토니

차례예요. 녀석은

간호사 아줌마가 부르고 불러서 겨우 나갔어요. 앙토니는 덜 익은 사과처럼 얼굴이 새파랗게 질렸어요. 금방이라도 기절할 것 같았어요.

"저기요, 들것은 어디 있어요? 제가 기절하면 어디에 누워 있다가 일어날지 알고 싶어요……."

"그런 걱정 마. 무사히 집에 가서 두 다리 뻗고 푹 잘 테니."

간호사 아줌마가 빙긋 웃으며 말했어요.

앙토니는 의자에 앉아 예방 접종 허가서를 내밀었어요. 하지만 허가서를 주지 않으려는 듯이 손을 놓지 않아 아줌마가 거의 빼앗다시피 낚아챘어요.

간호사 아줌마가 물었어요.

"앙토니, 오른손잡이니? 그러면 다른 팔에 놓을게."

"전 왼손도 써요. 양손잡이예요. 어떤 날은 오른손보다 왼손을 많이 쓰고, 어떤 날은 왼손보다 오른손을 많이 써요. 아침에 어느 발로 일어나느냐에 따라 달라요. 오른발로 일어나면……."

"알았어, 왼팔에 맞자."

간호사 아줌마가 젖은 솜을 왼팔에 문지르면서 말했어요.

"잠깐만요! 간호사 선생님도 '예방이 치료보다 중요하다' 라는 말을 아시지요. 전 이미 예방했기 때문에 주사 안 맞아도 돼요."

아줌마는 또 빙긋 웃었어요.

"그런 말은 처음 들어 보는데? 자, 우리 개그맨 친구, 어서 주사 맞자. 하나도 안 아파."

"안 아프다고요? 개그맨은 선생님이에요. 선생님, 절 재운 다음에 주사를 놓으면 안 돼요? 제가 주사 맞다가 피를 철철 흘리면서 쓰러지면 어떡해요? 그러면 제 눈앞에 지금까지의 삶이 쭉 펼쳐질까요?"

"그럴 일 없어."

아줌마는 참을성 있게 대답하면서 앙토니의 팔에 주삿바늘을 꽂았어요. 그러고는 투명한 액체를 조금 주사했어요.

간호사 아줌마가 말했어요.

"자, 다 끝났어."

앙토니는 눌려 있던 용수철이 튕기듯이 발딱 일어났어요. 녀석은 언제 겁먹었냐는 듯이 무대 인사를 하는 것처럼 폼을 잡으며 인사했어요.

"우아, 감사합니다, 선생님. 스릴 만점이었어요!"

앙토니는 복도에서 줄 서서 기다리는 애들 앞에서 팔을 문지르며 얼굴을 잔뜩 찌푸렸어요.

"각오해…… 진짜 아파……."

앙토니는 가짜로 울먹이며 다른 애들을 왕창 겁줬어요.

5장

드디어 내 차례!

나는 웃을 기분이 아니에요. 내 차례예요. 나는 자리에 앉아 천천히 왼쪽 소매를 걷었어요.

"도미니크, 괜찮을 거야. 크게 한번 숨을 쉬어 보렴."

간호사 아줌마는 내 의료 기록을 보면서 다정한 목소리로 날 안심시켰어요.

팔이 사르르 떨려요. 아플까 봐 겁나요…….

간호사 아줌마는 말할 때 내 눈을 똑바로 쳐다봤어요. 아줌마는 축축이 젖은 솜을 내 팔에 문질렀어요.

"음. 냄새가 좋아요…… 무슨 냄새예요?"

"간호사 냄새겠지……."

내 얼굴에 물음표가 그려졌나 봐요. 아줌마가 다시 말했어요.

"알코올 솜 때문이야."

나는 아직까지는 침착했어요. 내 감정을 잘 다스렸어요. 전혀 떨리지 않았어요……. 집에서 곰 인형이라도 가져와 안고 있을걸 그랬어요. 엄지손가락을 빨면 아줌마가 놀리지 않을까요?

"도미니크, 팔에 힘 빼!"

"아…… 네."

오늘 아침 학교에 가기 전에 아빠가 주사 맞을 때

내 몸의 다른 부분에 집중해 보라고 충고해 줬어요. 예를 들면 발가락이요. 그래서 난 지금 엄지발가락만 생각하고 있어요.

나는 기뻐서 간호사 아줌마한테 말했어요.

"아무 느낌도 없어요."

"아직 안 놨어. 이제 놓을까?"

아줌마가 물었어요.

난 보고 싶지 않아서 천장만 뚫어져라 쳐다봤어요.

"움직이지 마. 안 아플 거야."

어제 꾼 꿈이랑 비슷해요! 나는 떨리는 가슴을 가라앉히며 말했어요.

"네. 하지만 선생님도 실수할 수 있잖아요……."

간호사 아줌마가 말했어요.

"그럴 일 없어."

"잠깐만요! 볼래요. 네, 제 눈으로 보고 싶어요!"

아줌마는 바늘을 내 살갗에 갖다 대며 말했어요.

"좋아. 봐."

난 눈을 꾹 감으며 말했어요.

"아니요! 안 볼래요!"

"알았어."

귀를 뚫고 있을 여동생 이사벨의 모습이 머릿속에 떠올랐어요. 이사벨은 눈을 말똥거리며 아무 일도 아니라는 듯 전혀 겁먹지 않을 거예요.

"아니에요! 눈 뜰래요! 눈 뜰 수 있어요! 눈 뜰래요!"

간호사 아줌마가 물었어요.

"생각이 바뀌었니?"

"네……."

하지만 고개는 아니라고 가로저었어요.

"잠깐만요, 마지막으로……."

나는 팔을 세게 꼬집었어요. 되게 아파요.

간호사 아줌마가 물었어요.

"왜 그러니?"

"꿈이길 바랐는데……."

"꿈 아니야. 자, 준비됐으면 놓는다."

간호사 아줌마는 내가 된다고 하자마자, 과녁에 다트를 맞추듯 팔에 주삿바늘을 콕 찔렀어요. 마치 모기에 물리듯이 따끔거렸어요. 하지만 금방 괜찮아졌어요.

"넷까지 세어 볼래? 하나, 둘, 셋, 넷. 자, 끝났어."

아줌마가 주삿바늘을 뺐어요.

난 엉엉 울음을 터뜨렸어요. 나도 울 자격이 있어요.

간호사 아줌마가 물었어요.

"아파서 그러니?"

"아니요. 다 끝나서 좋아서요."

간호사 아줌마는 다 쓴 주사기에 뚜껑을 씌웠어요. 나는 눈물을 닦았어요. 거짓말이 아니고,

진짜로 안 아팠어요. 무서운 꿈까지 꿀 필요는 없었는데!

간호사 아줌마가 말했어요.

“혹시 팔이 아프면 차가운 물수건을 대고 있어. 혹시 열이 나면 해열제를 먹고.”

“네, 알겠습니다. 주사…….”

하마터면 주사기 아줌마라고 할 뻔했어요.

“네, 알겠습니다. 간호사 선생님.”

나는 깃털처럼 가뿐하게 의자에서 일어났어요. 그때 자비에 보리외가 내게는 눈길도 주지 않고 내 앞을 휙 지나 간호사 아줌마 앞에 섰어요. 녀석은 대단한 결심이라도 한 듯 뒤로 홱 돌아섰어요. 도망치려나?

자비에 보리외의 날카로운 목소리가 강당에 울려 퍼졌어요.

“여기다 놓아 주세요!”

모든 눈길이 죄다 녀석에게 쏠렸어요. 녀석은 말릴 틈도 없이 바지를 쑥 내리더니 엉덩이를 쭉 들이밀었어요.

"자, 여기다 놓아 주세요!"

자비에는 오른쪽 엉덩이를 손가락으로 가리켰어요.

얼른 교실에 가서 아직 주사를 안 맞은 친구들에게 진짜 안 아프다고 얘기해 줄 거예요.

문을 열자마자 웃음소리가 확 퍼졌어요. 앙토니가 선생님 자리에 앉아 애들을 웃기고 있었어요.

"난 간호사 아줌마한테 가죽 허리띠가 있는지 물어봤어. 그거라도 물어야 안 아플 것 같아서 말이야. 아줌마는 자기 바지가 벗겨질지도 모르면서 허리띠를 빌려 줬어. 카우보이 영화에서 그렇게 하는 걸 봤지. 총에 맞은 남자가 총알을 뺄 때 위스키를 마시는 모습도 봤어. 하지만 난 위스키가 없었어!"

담임선생님이 나섰어요.

"학교에서는 학생들에게 위스키를 주지 않아! 어린이는 술을 마시면 안 되지!"

앙토니가 뻐기며 말했어요.

"네, 알아요! 하지만 전 예방 주사를 맞은 어린이예요! 그냥 어린이와는 다르다고요!"

나도 끼어들었어요.

"맞아, 맞아! 예방 주사, 그거 별것…… 아니에요!"

"둠둠, 내가 말하려고 했던 게 그거야. 우리, 예방 접종이 두 번이나 더 남았대!"

앙토니가 킥킥거렸어요.

작가의 말

주사라면 제가 좀 알아요. 그래서 도미니크가 얼마나 벌벌 떨었는지도 잘 알지요. 저도 도미니크만 했을 때 알레르기 검사를 받았거든요. 작은 병실에 간호사가 쟁반을 들고 들어왔어요. 전 주사기가 서너 대쯤 있을 거라고 생각했어요. 그런데 웬걸! 주사기는 무려 스물두 대나 있었어요. 엄마가 붙잡지 않았다면, 그대로 줄행랑을 쳤을 거예요…….

전 하는 수 없이 소매를 걷었어요. 의사 선생님은 제 조끄만 왼팔에 1부터 22까지 숫자를 쭉 적었어요. 주사 놓을 데가 어디 있다고 말이에요! 의사 선생님은 첫 번째 주사를 놓고…… 마지막 주사까지 다 놨어요. 하지만 도미니크 말대로 정말 별것 아니었어요.

물론 이게 끝이 아니었지요. 다음 날에 알레르기 수술을 받으러 다시 병원에 가야 했어요. 등에 주사를 서른세 방이나 맞아야 했지요. 나쁜 주사 같으니라고!

알랭 M. 베르즈롱

옮긴이의 말

《지퍼가 고장 났다!》에서 발표 수업 때문에 바짝 긴장했던 도미니크가 이번에는 예방 주사 때문에 덜덜 떨고 있네요. 주사가 무서워서 도망 다니는 아이들, 주사에 얽힌 아이들의 경험담 등 이 책에는 주사를 겁내는 아이들의 깜찍한 마음이 잘 그려져 있어요. 그 모습이 얼마나 재미난지 책 읽기를 싫어하는 친구라도 이 책만큼은 신 나게 읽을 수 있을 거예요.

이 책을 읽으면서 저도 어릴 적 예방 주사를 맞았을 때를 떠올려 봤어요. 하지만 기억이 잘 안 나요. 도미니크 말대로 정말 별것 아니라서 그런가 봐요. 진짜 아팠다면 두고두고 기억했을 테니까요. 그리고 문득 이런 생각이 들었어요. 세상에 불행이나 사고, 슬픔, 아픔 같은 걸 막아 줄 백신이 있다면 얼마나 좋을까, 하고요. 그런 주사가 있다면, 전 백 대라도 거뜬히 맞을 수 있을 것 같아요!

이정주